ラー

ラーメンかあさん

作・なかむら ふう　　絵・しのざき みつお

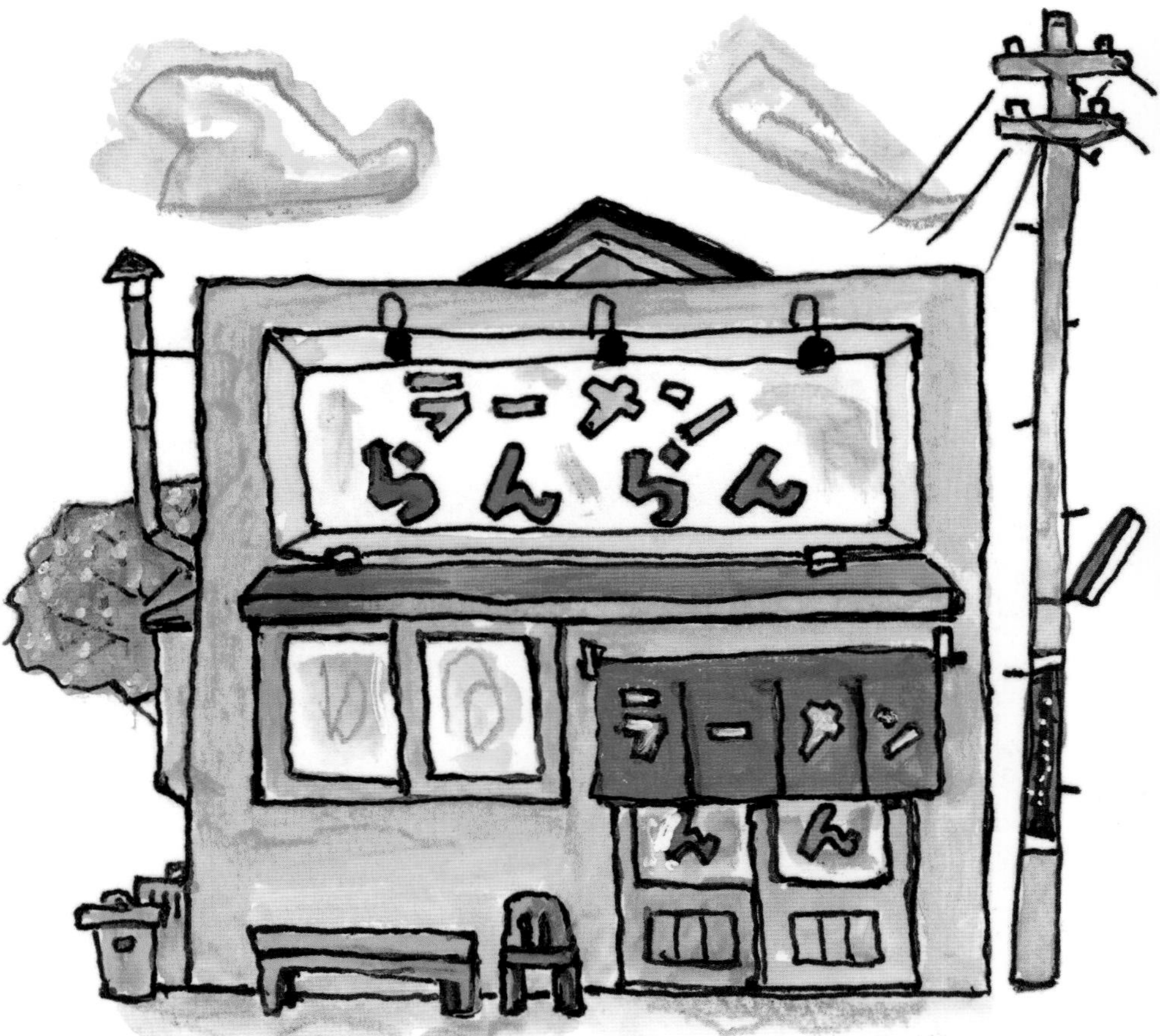

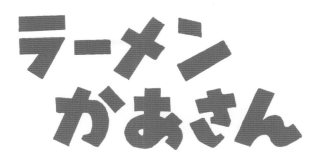

夏休みのある日、ぼくは、友だちのよしくんの家で、いっしょに、しゅくだいをやった。

家に帰ったとき、とうさんが、店から声をかけてきた。

「おい、じゅん。こんどの土よう日、海に行くぞ！」

「えっ海……!?　やったあ！」

ぼくは、うれしくてとび上がった。

「とうさんも、行くんでしょ？」

「いやいや。とうさんは、一人でしょうばい、しょうばい！

かあさんと二人で行ってこい」

「なあーんだ。やっぱり、しごとか……」

ぼくの家は、〈らんらん〉という名前のラーメンやだ。

とうさんが作るラーメンは、とってもおいしいと、ひょうばんで、おきゃくさんがひっきりなしにやってくる。

そんな、おきゃくさんのために、とうさんは、めったに店を休まない。

だから、学校が休みの日も、三人でどこかへ、出かけることはほとんどない。

とうさんといっしょに、店に立っているかあさんも、休んでなんかいられないからだ。

だけど、とうさんは、かあさんと、ぼくに、夏休みとくべつ大サービスというわけだ。

らんらん

かあさんも、なべのゆげのむこうから顔を出して、

「ね、ね、じゅん。とうさんが、いいりょかんを、よやくしてあるんだってさ」

と、はずんだ声でいった。

ラーメンを食べていたおきゃくさんが、

「海ですか？　……ほう、一ぱく？　そりゃあいい。たまには出かけなさいよ。おくさんは、女はたらきバチだから」

そういうと、

「ここのスープはさいこう！」

と、ラーメンのおつゆをゴクゴクとのんだ。

かあさんも、
「そうね。ちょっと羽を休めにね」
なんていって手を羽のように、
パタパタさせたりしてはしゃいでいる。

ぼくは、うれしかったよ。
この前、よしくんのビーチサンダルを買いに
いっしょについていったとき、（いいなあ）と、
思っていたんだ。
それが、きょうは、かあさんから、
「そう、そう。じゅん。ビーチサンダルを、
買わなくちゃね」
と、いいだしたのだ。

「うん。ぼく、どれにするか、もうきめている」

「ええっ！」

かあさんは、びっくりしていたけれど、よしくんとおそろいのにじ色のビーチサンダルにするんだ。

海へ行く日の朝、ぼくは、ベッドの上でボーッとしていた。

海に行くのがうれしくて、ゆうべ、あまりよくねむれなかったのだ。

とつぜん、目の前に、白くフワーッとしたものが立った。

「わっ！　おばけーっ？」

ぼくは、声を上げてタオルケットをかぶった。

「じゅん。なにねぼけてるの？　早くおきないと、おてんとうさまにわらわれるよ。行くんでしょ。海」

おばけの正体は、白地に花がらのワンピースをきた、かあさんだった。

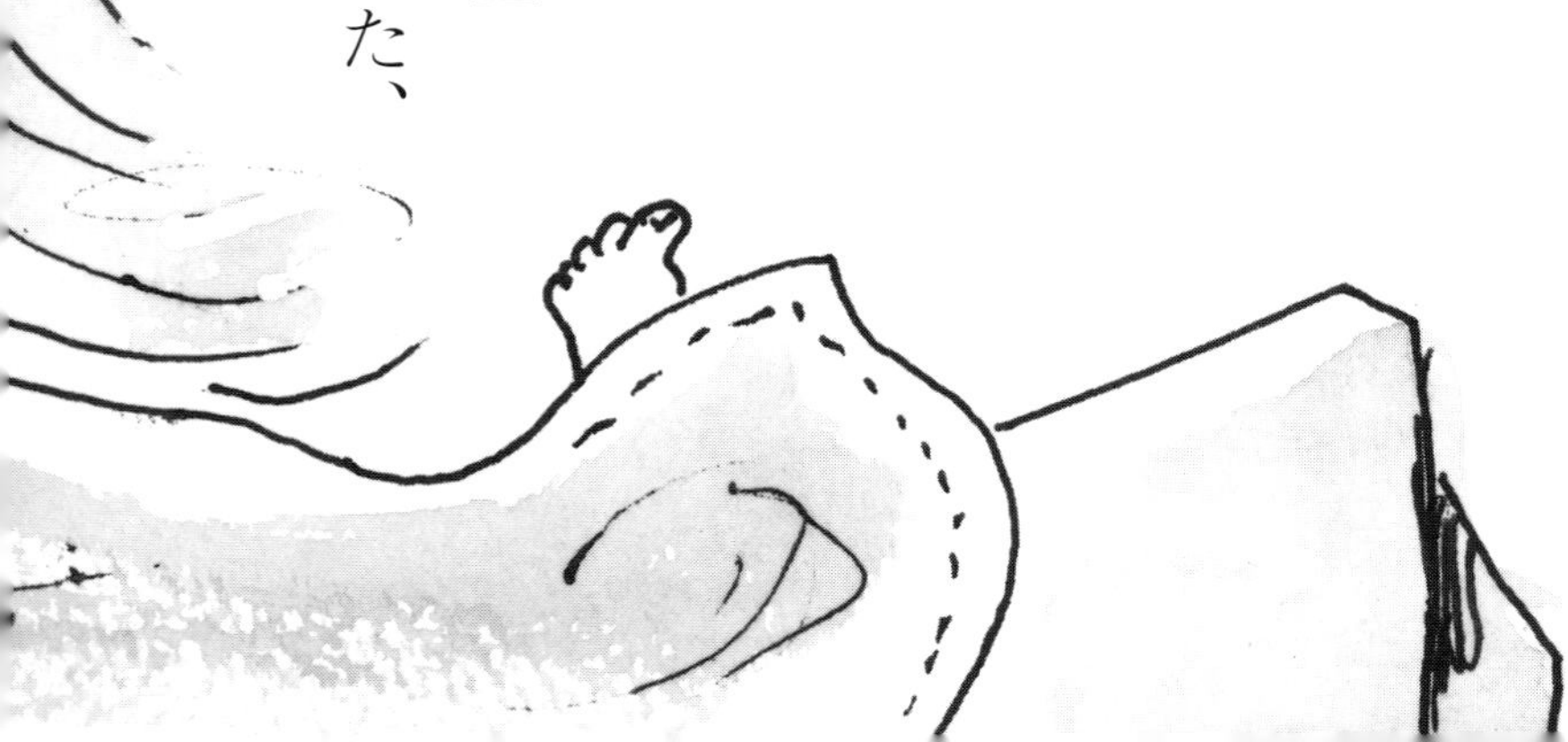

「わっ！　かあさん、こんなふく、もっていたんだ」

「そう。きょうは、とくべつ、おしゃれをしたの。だけど、やっぱり、このふくや一めよ。フワフワで……」

「ま、二人でのんびりしておいで」

とうさんに見おくられ、かあさんとぼくは、わくわくして、家を出た。

電車を二回のりかえると、海の見えるえきについた。

「あーっ、海だ！　海のにおいだ！」

ぼくは、まっ青な海にむかってさけんだ。

かあさんも、

「わーっ！　海は、なん年ぶりかしら……」

と、海を見わたした。

「ね、ね、ぼく、海に来たことあったっけ？」

「あるのよ。じゅんが、おしゃべりが、ようやくできるようになってきたころ。とうさんもいっしょに三人で」

「ふーん。ぜんぜんおぼえていない」

「じゅんが、車の中で『早く、早く、
海がしまっちゃうよ』だって。とうさんとかあさん、
大わらいしちゃった」
「ほんと？　海を、ゆうえんちだと思っていたのかな？」

「じゅん。おひるごはん、どうしようか」

かあさんとぼくは、えき前のお店を見回した。

(あっ！)

ぼくの目は、ハンバーガーのお店で、ピタッと止まった。

「かあさん、ぼく、きーまりっ！」

「そう。かあさんもきまったのよ。

それじゃ、どっちのお店にするか、ジャンケンできめようか」

「ええっ！　ジャンケンで？　よし。ぜったいにかつぞ！」

さいしょはグー

ジャン　ケン　ポーン！

「イエーイ！　ざんねんでした！」

かったのはかあさん。

「じゅん。こっちこっち」

ぼくは、ルールにしたがった。だって、もう二年生だもん。

「へい、いらっしゃーい!」

なんと、かあさんが、えらんだお店は、ラーメンやさんだった。

このお店は、とうさんの店と同じぐらいの大きさだ。

テーブルせきにすわると、かあさんは、かべにはってある、りょうりの名前やしゃしんをいっしょうけんめいに見ている。

「えっ!　じゅん。見て、見て。

〝カレーラーメン〟だって。うちの店のメニューには
ないね。かあさん、あれを食べてみたいな」
「へえっ！　〝カレーラーメン〟？　あせだくになりそう。
でも、ぼく、カレーがすきだから、かあさんと同じにする」
かあさんは、すぐに、
「カレーラーメン、二ちょう」
と、ゆびをV《ブイ》の字にした。

「おまたせいたしました」
カレーラーメンが、はこばれてくると、かあさんは
ぼくの前に、
「まいど」
と、わりばしを、バシッとおいて、カレーラーメンを、
・・・
じっとながめてから、まず、スープ。

「ほっ！　これはおいしい」

つぎに、めん。

「ほう！　これもいける」

かあさんは、カレーラーメンがお気に入りのようす。

「じゅん。うちの店でもメニューにカレーラーメンを考えようかしら?」

ぼくも、おいしかったので、

「うん。いいんじゃない。学校の友だちもカレーはみんなすきだよ。でも、とうさんは、どうかな?」

かあさんは、きゅうに、

「とうさん……。今ごろ、ひとりでいそがしくしているんでしょうね」

と、ぽつりといった。

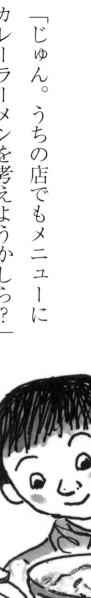

　とうさんおすすめのりょかんは、海のそばにあった。もんもたてものも、とてもりっぱだ。

　へやで、ぼくが、青い海水パンツにはきかえていると、かあさんがバッグの中から何やらとり出した。

「ちょっとはでかしら……？　オレンジ色がすきなの」

「わっ、かあさん水ぎをもってきたんだ！」

「そう。およげないいんだけどね。じゅんといっしょに、海であそびたくて。きのう、買っちゃった」

「へえ！　いいじゃん。かあさん、早くきがえて海に行こうよ。早く、早く」

　ぼくは、そのあと、思わず、

（海がしまっちゃうよ……）
と、心の中でヒミツのヒ・ヒ・ヒ。

ぼくが、なみをジャンプしたり、うきわでプカプカ
していたら、ワカメがういていた。
（そうだ！）
ぼくは、オレンジ色の水ぎをさがしてかあさんを
見つけ、そっと、近づいた。
そして、ひろってきたワカメを、
足の上にベローンとのっけた。
「ギャーッ！」
おどろいたかあさんは、
「もう、じゅんたら！　あら！　ワカメ！　ワカメ
だーいすき！」の後、ワカメを高くもちあげ、
歌うようにいった。

♫ワカメ　ワカメ　ワカメ
ワカメったら　ラーメン
ラーメンったら　ワカメ
ワカメ　ラア〜メ〜ン♩

「どう？　かあさんがいま
さくし・さっきょくした
〝ラーメンソング〟いっちょうあがり〜」

かあさんは、しばらくの間、ワカメをふりふり、はな歌で〝ラーメンソング〟をくりかえしていたけれど、きゅうに、

パチーン

と、手をたたいた。

「じゅん。うちの店の〝ワカメラーメン〟もっともっとへんしんさせたいな」

「えっ！　こんどは、ワカメラーメン？」

「そう、ワカメラーメンの上に、何かひとあじベローンとのっけるの。このアイデア、じゅんの、ワカメベローンのおかげ」

　かあさんは、そういって、さっきのワカメを、ぼくの顔の前で、うれしそうに、ユラユラゆらした。

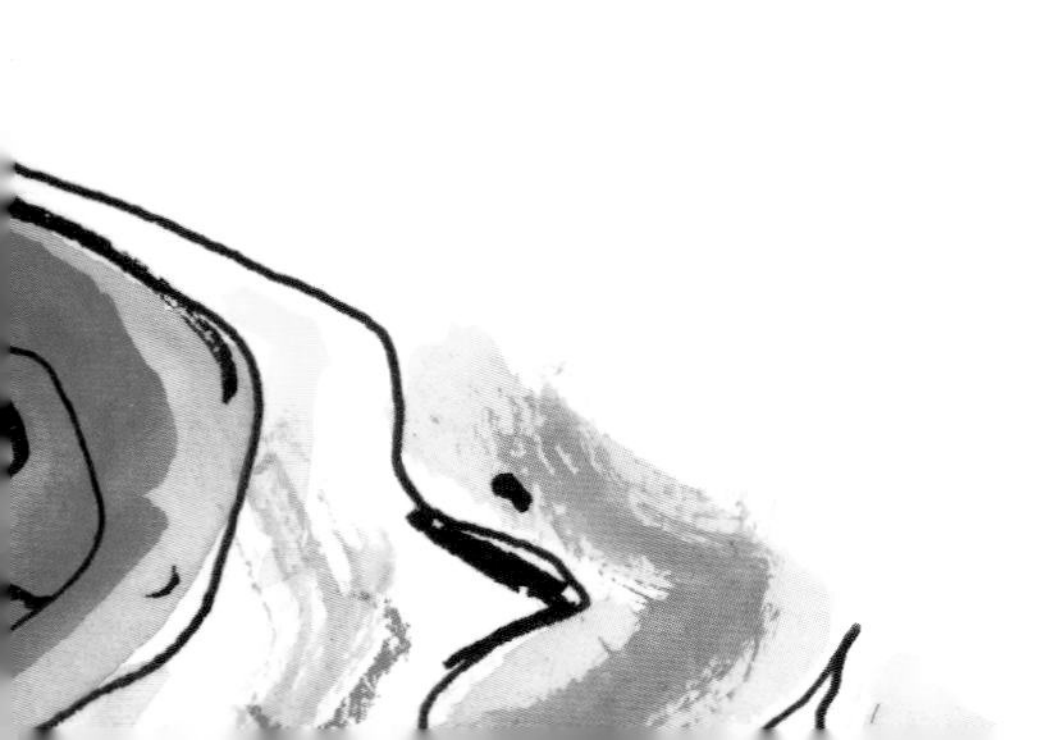

「うへっ……」

ピュル　ピュル　ピュル

夕方、りょかんのへやの電話が鳴った。

いそいで、じゅわきをとったかあさんは、

「はーい。〈らんらん〉でーす」

と、大声で答えた。

（ちょ、ちょっと、かあさん……）

はっと気づいたかあさんは、

「ど…ど…どうも、しつれいしました。ええ、しょくじをへやに。はい、おねがいしまーす」

そういって、じゅわきにむかって、なんども
おじぎをして、あわてて電話を切った。

りょかんの人が、へやに夕食をはこんできてくれた。おぼんの上に、おいしそうなごちそうが、ずらりとならんでいる。

すると、かあさんは立ち上がり、

「まあ、ごくろうさま。そこでけっこうですよ。あとは、わたし、やりますので。こういうことだーいすきなんです」

りょかんの人から、りょうりやおさらをとりあげると、ぼくの前のテーブルの上に、

「へーい。いっちょうあがりっ！」

（ちょ、ちょっと、かあさん……）

「ん？　じゅん。どうかした？
ほら、おいしそう。早く食べよう」
　食べながらも、
「とうさん、夕食は、ラーメンなのかな。
自分で作って……」
と、いっている。

つぎの日の朝、帰りの電車にのりこむ前に、えき前のおみやげやさんに入った。
かあさんは、
「いつも、店に来てくれるおきゃくさんに、おみやげを買っていこうね」
と、おきゃくさんの顔を思い出しながら、ゆびで数えている。
ぼくも、お店の中を見て回っていたら、すごいものが目にとびこんできた。
それは、きょうの海の色みたいに、青い大きな

すずがついているキーホルダーだ。

おまけに、ピカピカ光っている。ふったらいい音がした。

ぼくは、とうさんのおみやげにきめた。とうさんは、いつも、ラーメンのはいたつのときに、

「車のキー、ラーメン、車のキー」

と、さがしているから、このすずをつけておけば、すぐに見つかると思う。

ぼくは、かあさんに、

「とうさんのおみやげ、これにした」

と、海色のすずのキーホルダーを見せた。

「うわーっ！　きれい。とうさん、よろこぶよーっ」

「ぼくも、とうさんと同じにしようかな」

「いいねえ。そうだ！　じゅんには、かあさんが
買ってあげる」

「やったあ！　サンキュー。でも、かあさんは？　そうか。かあさんには、ぼくが、おみやげにすればいいんだ」

「わーっ！　うれしいな。ありがとう」

と、いうことで、かあさんとぼくは、おみやげのとりかえっこをすることになっちゃった。

「あっ、そうだ！　よしくんに、ヒトデのキーホルダーのおみやげをもらったんだ。よしくんにも、買わなくちゃ」

ぼくは、

とうさんと、

かあさんと、

よしくんに、

海色のすずのキーホルダーを３こ買えばいいことになる。

これで、キーホルダーも、よしくんと、おそろいになるぞ。

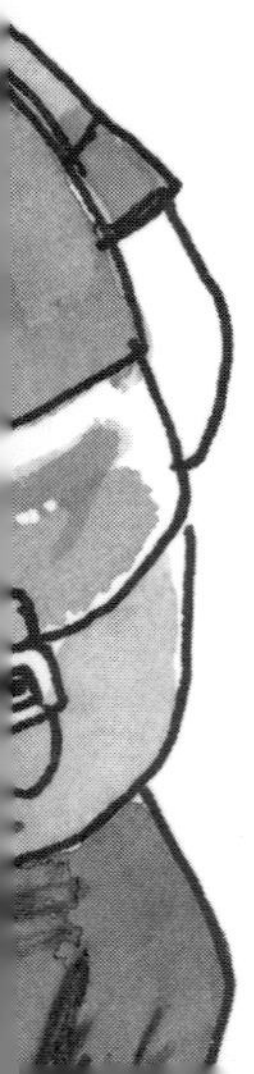

かあさんは、
「とうさんのおみやげは、ほかにも、きめているものがあるのよ」
と、きのう、カレーラーメンを食べたお店に、さっさと入っていって、ギョーザを三人前つつんでもらった。
「じゅん。このお店、カレーラーメンが、とってもおいしかったから、ギョーザだっておいしいと思うの。うちの店も、おきゃくさんのために、もっともっとおいしいりょうりが出せるように、べんきょうしなくちゃ」

「へえー。かあさん、べんきょうするんだ。学校みたい」

「そうよ。べんきょうするの。カレーラーメンの上に、とりのからあげをポコン、ポコンとのっけたりしたらどうかな？　なんてね」

「ところでじゅん。おひるごはん、どうしようか」

「えっ、もうおひるごはん？」

「そう、少し早いけれどもね」

ぼくは、ジャンケンを思い出した。

「また、ジャンケンできめるの？」

かあさんは、ハ・ハ・ハとわらって、

「しないよ。じゅんはハンバーガーがよかったんでしょ」

ぼくは、びっくりして、コクンと首だけを下げた。

かあさんは、ちゃんとわかってくれていたんだ。
ぼくとかあさんは、ハンバーガーのお店にとびこんで
さっさとおひるごはんをすませ、いよいよ、海と
おわかれだ。

電車にのると、すぐに、かあさんは、
「いいねえ。ワカメラーメンに、何かひとあじ、ベローン。
カレーラーメンに、とりのからあげをポコン、ポコン……」
と、ひとりごとのようにしゃべりだした。
こんどは、
「おじょうさん、びようとけんこうのために！
ワカメあじ、カレーあじ。どちらになさいますか？」
まるで、げきのれんしゅうだ。
「ああ。早く店に帰って見本を作ってみたい。
ねえ、じゅん。この電車走るのおそくない？」
かあさんのしゃべり声がだんだん小さくなってきた。
かあさんつかれちゃったのかな。

とうさんに、せっかく、
「のんびりしておいで」
と、いわれたのに……。

なんだか、ぼくも、早く家に帰りたくなってきた。

家についたら、とうさんに、

「海、楽しかったあ！　ありがとう。ぜったいにわすれないよ」

と、いって、海色のすずのキーホルダーをいちばん先にわたすんだ。


そろそろ、電車ののりかえだ。

かあさんを、おこさなくちゃ。


ふと、あみだなの上にのせた大きなにもつに、目をやった。

あの中には、海の思い出のものがいっぱいつまっている。

そのとき、きゅうに、ぼくの頭の中に、何かがうかんだ。

それは、海で、ずっと、ラーメンのことばかりでいそがしそうだったかあさん。

かあさんのことを、ぼくがとうさんに話したら、

「じゅん。そこが、かあさんのいいところなのさ」

そういって、にっこりわらうとうさんの顔だった。

らんらん
らんらん

作・なかむら ふう（本名・中村和枝）

1940年、埼玉県生まれ。学校法人東萌学園「幸手ひがし幼稚園」園長。貸し出し文庫「絵本の家」を主宰。園の実践記録「小さな詩人」で保育賞受賞。童話『おかあちゃんの仕事病』で第9回ほのぼの童話大賞受賞。絵本に『みかづきのさんぽ』（チャイルド本社）『あそびにきたの　だあーれ？』（ストーク）日本図書館協会選定図書、『ダイジャが　なんじゃ！』（日本文学館）『♪コロコロ　キャスターおばあちゃんの… きいろいおうち』『あしたも あーそぼっ！』（てらいんく）他。日本児童文学者協会会員、「さん」の会同人。

絵・しのざき みつお（篠崎三朗）

1937年、福島県生まれ。桑沢デザイン研究所卒業。

東京イラストレーターズ・ソサエティ、日本児童出版美術家連盟会員。

現代童画会ニコン賞、高橋五山賞絵画賞受賞。第58回児童文化功労賞。

たしかな画力、幅広い表現力で、子どもの本の世界で活躍を続けている。

自作の絵本『おかあさん、ぼくできたよ』（至光社）と、挿絵を担当した『おじいさんのランプ』（小峰書店）が、ミュンヘン国際児童図書館にて国際的価値のある本に選ばれる。

主な作品に、『おおきいちいさい』（講談社）『あかいかさ』（至光社）『みかづきのさんぽ』（チャイルド本社）『♪コロコロ　キャスターおばあちゃんの… きいろいおうち』『あしたも あーそぼっ！』（てらいんく）などがあるほか、教科書のアートディレクションも数多く手がける。

ラーメンかあさん

発行日	2020年6月5日　初版第一刷発行
	2021年5月18日　初版第二刷発行
作	なかむら ふう
絵	しのざき みつお
発行者	佐相美佐枝
発行所	株式会社てらいんく
	〒215-0007　神奈川県川崎市麻生区向原3-14-7
	TEL　044-953-1828　　FAX　044-959-1803
	振替　00250-0-85472
印刷所	モリモト印刷株式会社

ISBN978-4-86261-156-7　C8093

なかむら ふう 作　しのざき みつお 絵

B5 判上製・40 頁

ISBN978-4-86261-131-4

♪コロコロ キャスターおばあちゃんの…
きいろいおうち

●何でもコロコロ♪　不思議なキャスターをプレゼントされ、おばあちゃんは元気に外へ飛び出した！　家族のきずなの物語。オールカラー絵本。

なかむら ふう 作　しのざき みつお 絵

B5 判上製・28 頁

ISBN978-4-86261-136-9

あしたも あーそぼっ！

●ともだちっていいな！　なかよしのふたりには、毎日がとっておきの一日♪おとなりにすむふたりの不思議なめぐりあわせの物語。オールカラー絵本。